单伟豹 —— 著

单伟豹诗选

中国青年出版社

单伟豹

1946年生于上海,知名企业家,全联房地产商会副会长,香港上市公司惠记集团董事会主席、路劲集团董事会主席。其参与发起的"精瑞成长计划"公益项目,长期致力于帮助西部乡村学校及幼儿班改善人居环境。数十年间以诗为友,写诗数百首,尤以抒情诗见长,以丰富的情感咏叹世间的缘来缘往。

自序

由大学开始就写诗,直到硕士毕业,十来年写了几百首。由于搬了二十多次房子,都丢失了。非常遗憾。世界上有些东西一旦失去了,就永远失去了,缘灭却无法惜缘。

2009年,偶然的机会,在拉萨重新细看了仓央嘉措的诗,而且把它们全部翻译了一遍。三十几年几乎遗忘的诗心又冒了出来。这十年,陆续写了两百多首情诗。

人生短促,我们都是过客。在这短暂的旅途中,最值得经历,最值得歌颂,最值得留恋,最值得回忆的,绝对是爱情!

没有了爱情,人生就像缺乏山水美景、文物古迹、地道美食的旅行团,乏味得很,何必多此一举。

结集其中的九十七首出版这本诗集,避免第二次遗憾。

感谢彭老师,感谢孙颖,没有他们,就没有这本诗集。所有收入都会捐赠全联房地产商会的精瑞人居发展基金会,略尽绵力。

谢谢大家。

单伟豹
2019 年严冬　西安

目 录

自序 / 单伟豹 / 002

| 第一辑 | 缘起 | 情缘 / 003
| | | 感动 / 004
| | | 梦中的期盼 / 005
| | | 你的眼 / 007
| | | 有一个人 / 008
| | | 为何？/ 011
| | | 失落 / 013
| | | 约定 / 015
| | | 我的良心 / 016
| | | 唱歌 / 018
| | | 新年 / 021

又一年 / 022

凌晨 / 023

情不自禁 / 024

擦肩 / 026

晨早 / 029

祈愿 / 030

期盼 / 031

时间的缘分 / 032

心魔 / 033

路过 / 035

我若盛开 / 037

命运 / 038

浪漫 / 039

仰慕 / 040

第二辑	惜缘	生日快乐 / 043
		爱你 / 044
		山风 / 045

因为有你 / 046

假如 / 048

没有想你 / 049

十年 / 051

路 / 052

葡萄园 / 054

明日天涯 / 055

翱翔 / 056

月亮之上 / 057

月亮 / 059

情分 / 061

倾心 / 062

等待 / 063

长相依 / 064

心动 / 066

迅雷 / 069

美好时光 / 070

To be or not to be / 072

月圆 / 073

你 / 075

爱上你 / 077

樱花 / 079

红伞 / 080

冬日恋歌 / 082

归去来 / 083

第三辑 | 缘灭

说散就散 / 087

初心 / 088

离弃 / 089

爱情是盲目的 / 090

苏醒 / 093

曾经 / 095

夜空 / 097

记忆里的痛 / 098

忐忑 / 100

谢谢你 / 101

再见，爱人 / 103

昨夜梦魂中 / 105

泪 / 107

夜深 / 108

逝去的星光 / 109

尼罗河之歌 / 111

情让我牵着你的手 / 113

变幻 / 115

秋寒 / 117

离别的车站 / 119

第四辑 | **随缘**

想你了 / 123

秋色 / 125

终极 / 127

复失 / 128

炎夏 / 130

春雨 / 131

彩虹桥 / 133

秋的随想 / 135

这歌 / 137

悲伤的歌不会有唱完的时候 / 138

月缺 / 140

明月 / 141

难眠的夜 / 142

飞翔 / 144

如果我走了 / 147

那些身边有你的故事 / 149

时空 / 150

懂爱的人 / 151

在路上 / 153

消失的自我 / 155

不再心痛 / 157

我会到你梦里找你 / 159

叮咛 / 160

一段感情 / 162

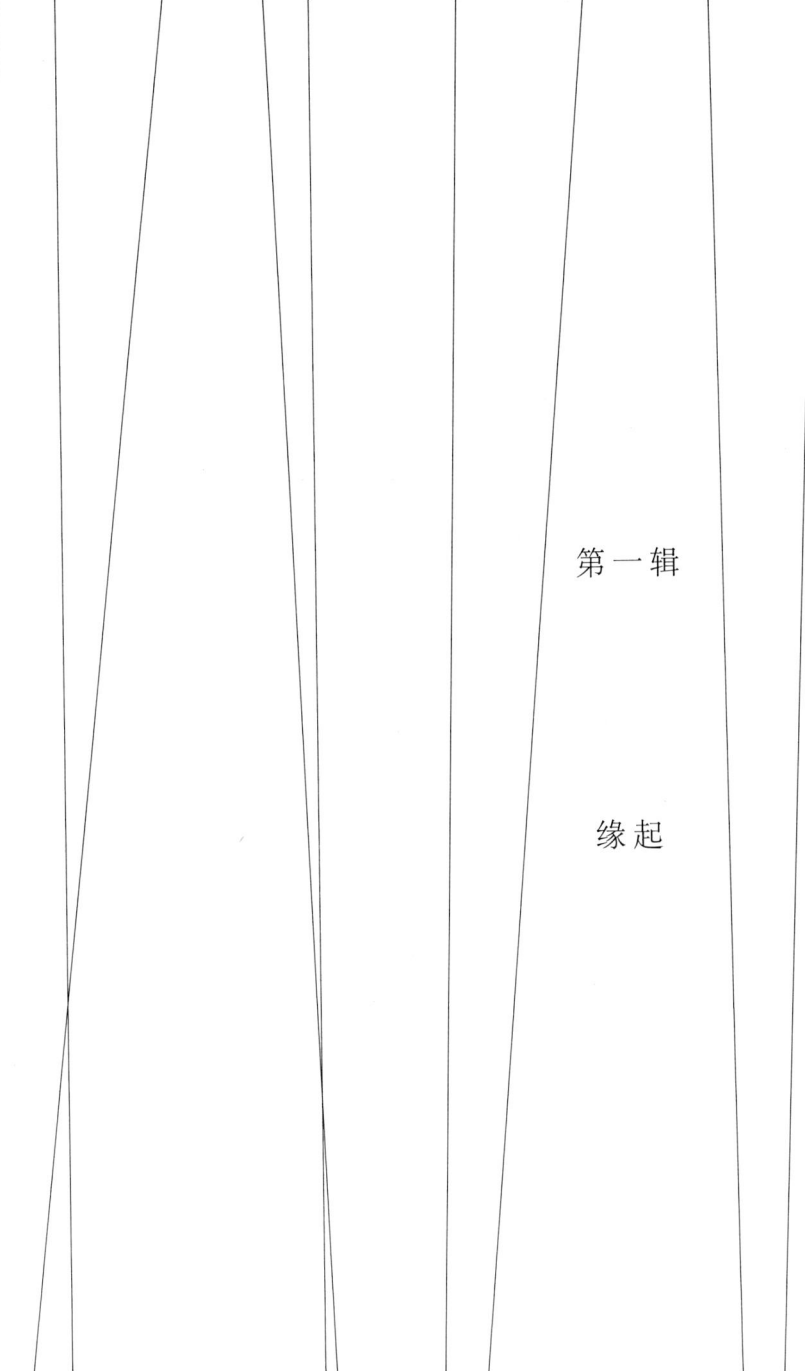

第一辑

缘起

春天种下的期盼,
花开的季节能否兑现?
英姿美艳淡雅可喜,
不想用鲜花来形容你。

情缘

情有缘,
是不自禁的燃烧,
是感觉的飞放。

缘有情,
是心路的迷惘,
是回眸即逝不可再生的刹那震撼。

像春风似秋雨类朝露如晚霞,
凄美短暂,
回忆总是无垠的温暖。

思念,
它竟是如此的恒久不断!

感动

去吧,面对吧,体验吧。
它能催起美丽的遐想,
它能带来不凡的领悟。

去吧,用心爱吧,尽情给吧。
它能让你品尝生活的真谛,
它能将人生的空白填满色彩。

去吧,思念吧,期盼吧。
总有一天,
总有一种深情,
让你泪流满面,
让你心甘情愿将心扉打开,
感受从未有过的生命的精彩。

梦中的期盼

那亿万分之一的偶然,

那无量世的缘分,

那一年,

没有寻觅,

我见到了你。

春天种下的期盼,

花开的季节能否兑现?

英姿美艳淡雅可喜,

不想用鲜花来形容你。

我们之间银河般的距离,

彼此还是那样的清晰可见。

虽然相信鹊桥终能轰然建起,

但在这之前,
我是多么不愿意,
只能在梦里,
想念你。

你的眼

深深思念一个人会产生神奇,
即使这个人形象已淡出,
美眸却更清晰。

那双无限深邃的乌黑,
像迷茫,像疲惫,像深思,
更像对一切的洞悉。

从此没有忘却过……

有一个人

每个失眠的夜,
静静地想想他,
就能安然沉睡。

每次心情的低谷,
深深地思念他,
就会变得坚强和宽容。

每当遇上工作上的荆棘,
虚心请教他,
就会得到实际可行的解决方案。

无论在何处,
无论在做什么,
每晚睡前,

总想对他深情地说一声:

"晚安,我的爱,谢谢你。"

但是,

那个人在哪里呢?

你的微笑,
还留在我每一个迷幻的梦境里,
让我无法拒绝想念你。

为何?

忘了
那天为何要去
也许只是为了遇见你

忘了
那天为何回眸
也许只是为了发现你

明明
是陌生人
为何
却如此熟悉

明明
已经离开

为何

还感染你的气息

午夜梦回

为何

你的微笑

还留在我每一个迷幻的梦境里

让我无法拒绝想念你

失落

在迷茫里活着,
做着自己不知道为什么要做的事。
放纵和压抑交替,
错误与失败重复。
逻辑和理性躺在身边微弱地叹息,
生活的勇气随时光渐渐流逝。

嘿!白活了。

约定

遇上你，
使我这一生灿烂。
春风吹，秋雨霏，
晨曦早，斜阳晚，
还有些铭心的浪漫。

风中隐约的歌声，
我知道是你的呼唤。
路途的迂回艰难，
都故不迁隔世的情缘。
你放心，我是会依约前来，
共度另一世的温暖。

约定

遇上你,
使我这一生灿烂。
春风吹,秋雨飘,
晨曦早,斜阳晚,
还有些铭心的浪漫。

风中隐约的歌声,
我知道是你的呼唤。
路途的迂回艰难,
都敌不过隔世的情缘。
你放心,我总会依约前来,
共度另一世的温暖。

我的良心

在这个理想迷惑公义缺乏的时代,
你鹤立鸡群,一帜独竖。
我一生追求,引以为傲的,
原来你根本不屑一顾。

我终于明白,
终生的错过,源自于一刹那的迷糊。
你心灵的洁净美丽不存垢污,
没能把我的无依孤独驱逐。

太想让你知道,
你早已震撼我心弦,照亮了我生命中的黑暗国土。
请祝愿,我心灵的坎坷,终能因你而感悟而化为康庄的坦途。

只是，我愿意，但却不忍期冀你为我眷顾。

你有你的路。

唱歌

你在唱歌,
歌词的深切,
唱出了我久已遗忘的心酸。
你的美眸,
流露出异样的温柔。

我在唱歌,
悲伤的旋律伴和着已淡然的往事,
致哀着那遥远的误判。
蓦然回首,
却发现你眼里的极度柔和的泪光。

今夜,
那些久违的,
和那些久不违的,

都将陪伴我入眠。
歌曲,歌词,歌声,歌手,
她,
你。

入世,随缘,
沿途都是风景。
只要用心边行边欣赏,
就不会辜负了万物的深情。

新年

花园里第一朵茶花,

孩子自己烘焙的节日松饼,

学校的新春音乐会,

众多新年问候,

一个个欢愉笑脸,

再细碎,

都是生活的美好。

都该感恩一切!

新年好。

又一年

人生，
是一场短暂的旅途，
不管谁邂逅了谁，
或谁错过了谁。

入世，随缘，
沿途都是风景。
只要用心边行边欣赏，
就不会辜负了万物的深情。

面对年华的终极，
微笑迎接虚空寂静，
历尽山山水水，
始终未曾将岁月参透。

凌晨

究竟是怎么样的一种说不清道不明的牵挂,
让我们在无穷的时空里,
凌晨绝早,
同时醒来。

深陷在着迷般的交流中,
我找到了也迷失了自己。
是爱上了你写的诗?
还是爱上了写诗的你?

情不自禁

心,
尘封久远,
在世间等待,
静看花开花败,
无悔无怨。

你,
幻化成风,
吹开窗扉心扉,
送来迷彩清香。
欢然喜纳,
迷茫却心甘情愿!

我,
遂你飞腾,

翱翔另一片天地，

无惧狂风旋涡巨浪悬崖。

不是奋不顾身，

是情不自禁，

是惜才，

是惜这隔世的缘。

擦肩

我们和世俗擦肩,

清高典雅,

不再大哭,

也告别了大笑。

我们和财富擦肩,

平淡简朴,

不再为名利折腰,

却要为柴米油盐儿女担忧。

我们和爱情擦肩,

不再悲多乐少,

却少了相聚的欢愉。

不再心如刀割,

却没了相思的甜美。

不再痛彻心扉,

却不会有热恋的情生意动。

To be or not to be？

缘分天空下的偶遇,
源头在于趺坐佛前的年限。

我求佛求了千百年……

晨早

雾起后的晨早,
也没有旭日,
也没有蓝天,
缕缕丝丝透漏的阳光细流,
将湖上薄雾,
泛滥成目眩的银白。

你细雨霏霏里走来……

该有多少年的擦肩?
才有今日青山绿水的相依。
也不用狂喜,
也不用犹疑,
缘分天空下的偶遇,
源头在于跌坐佛前的年限。

我求佛求了千百年……

祈愿

无量世累积的因,
缘起时相逢在尘世。
多么期盼你的感知,
能触摸我内心牵挂的如丝。

那些瞬间的落寞,
静夜里一滴烧心的泪。
思念的海洋,
也无法探索我俩前世的故事。

站在生命的尽头,
动情地倾诉我深深的爱。
转动那永不停止的经轮,
为你祈愿宇宙般永恒的,
平安,宁静。

期盼

模糊的期盼,
朦胧间生命之树新芽又焕,
梦里梦外不自禁的笑颜。
心,跳跃着狂欢。

行者的孤独步音,
悄然划破了远山的宁静。
没看到什么,
却那么强烈地感觉到你在靠近。

该有千百年的隔绝吧?
从今雾散云璀,
累累世的轮回,
竟然还记得你是谁我是谁!

你从天而降,
我红尘中期盼。

时间的缘分

黄昏前的邂逅,
日落时的相遇。
有缘不像,
无缘也不是。
不知是我到得太早,
还是你来得太迟!

心魔

远方魔音魔幻般的召唤,
霎那间的怦然心动,
迷惑,向往,扑火,
终不悔海不誓山不盟。

刻骨铭心携带的是水深火热,
不过是一个俗人的不精彩的演绎。
宇宙深处的一下电闪,
人世间一生无怨无悔的悲欢离合。

我若盛开,
你会不会再来?
那时我没能理解的深情,
现在还在不在?

路过

孤独的长椅,

夕阳在余照。

纤瘦,很纤瘦的身影,

春雨后永恒的寂寥。

无奈,是缘起的缺少,

寂寞,是刻在骨里的无望。

相遇,随汐不随潮,

倾心,

在雾天晚霞的黄昏,

没有在清凉澄澈的曦早。

其实,我只是路过,

你的心的境,不会有我。

想不起，

曾经和我对歌，

记不清，

是否有对着我甜甜地微笑。

我若盛开

我若盛开，
你会不会再来？
那时我没能理解的深情，
现在还在不在？

如果你已经有她，
就把我记在心怀。
如果没有，
你千万要提醒自己，
我正在盛开。

命运

我从东门进来,
你刚好由西出口出去,
相差几分钟。

我乘下行的电梯,
你刚好在上行中,
横向距离一米。

当你愿意的时候,
我却为你着想而犹豫。
当我奋不顾身投入,
你却冷静地思考着结果。

原来爱情没有坦途,
原来错过的不再重来。
我们都不相信命运,
命运却坚信它的每一个安排!

浪漫

浪漫是美的领悟,
浪漫是爱的放纵,
自由不羁,
真情流露。

浪漫是懂得,
浪漫是陪伴,
良辰美景携手,
千山万水白头。

浪漫是浪漫!

仰慕

台上,你光芒万丈。
台下,你魅力无穷。
能讲那样的话语,
能写那样的好诗,
热爱工作,
享受生活。

多想追随你的足迹,
携手共度这短暂的人生旅途。
我会用自己的能力和努力到达理想之都。
只愿你能在我身边共睹。

啊!那会是
怎么样的场景,
怎么样的幸福!

第二辑

惜缘

冬天给你取暖,
夏季让你有伴。
人生旅途,
不会再放开你的手。

生日快乐

生日要一个人过,
不会吧?
是的,
他说他忙。

回家乡,
享亲情,
看风景,
还是想他。

忘了他吧!
从此海阔天空。
我也想过。
不过,
怎么你是如此不懂得爱!

爱你

我并不宽容大度,
也不是,
对谁都那么好。

我只是,
爱你,
莫名地爱你,
很爱你。

山风

树影摇曳,
山风徐送,
陌生人不经意的回眸,
思绪飘向无边际的虚空。

那么久的你的孤独,
知音和真诚都一律欠逢。
深夜梦回,
可有声,可有影?

冬天给你取暖,
夏季让你有伴。
人生旅途,
不会再放开你的手。

深山钟鼓,
烟雾梵音。

因为有你

因为有你,
人生就此有了意义,
也多了些坎坷。

因为有你,
生命从此有了色彩,
也多了些非议。

因为有你,
一切变得美好,丰富,满足,
当然也得付出些代价。

如果从来没有你,
我会觉得好像没有活过。
如果从此没有你,

老天！
你就让我，
迅速，马上，立刻，
此时，此地，
随风消失！

假如

假如你睡了,
你当然不会回我的短信,
但这不会阻隔我对你的思念。

假如你没睡,
但你不想回我的短信,
那也不会中断我对你的爱恋。

假如你没睡,
而又能回我的短信,
那就告诉我,你也在想我吧。

没有想你

没有想你,
只是每晚睡前,
会重看你的信息;
没有想你,
只是手机一直随身,
怕错过联系;
没有想你,
只是听到拨动心弦的情歌,
会浮现不羁的你;
没有想你,
只是想知道你心情可好,
工作是否顺利;
没有想你,
只是你的歌声和笑颜总是不断盘旋在脑里;
没有想你,
只是早上醒来第一个不想想起的就是你!

路边的花朵,
随微风摇头,
无声地问我,
何必如此失落如此感触。

十年

你深信的,
都是对的。
你努力的,
都会有成就的。
十年的坚守不懈永不言败的奋斗,
显示了你的卓越。
持续的成功,
证明了你的优秀。
所以你就是你,
不要为任何事,
不要为任何人,
改变早已是你自己的你。
你放心,
我会守在你身边,
享受另一个寂寥但幸福无比的十年,
再十年,
再十年……

路

夕阳的余晖,
轻洒校园路,
美丽的小径,
一个人的寂寞。
路边的花朵,
随微风摇头,
无声地问我,
何必如此失落如此感触。

暮色渐浓,
原野悄无声息。
校园的美,
薄雾中崭新飘逸。
月色中回程,
还是一个人的孤独。

树荫轻声劝我,

不必灰心不是穷途。

那时有你相伴,

温馨安宁,

同样的月,

真的是分外亮丽无污。

我怕你,

终极地洒脱,

终极地悟。

我怕我,

终究孤寂,

终究要一个人走完这本来是美丽的路。

葡萄园

清晨起来去溜达,
空气是清新的,
葡萄园是幽静的。

只是,
没能感觉到那种该有的美,
没有你在身边?
不会吧!

只能,
照些田园风情,
写些思念的诗,
摘些不知名的野花想送给谁。

你在哪里呢?

明日天涯

清晨你醒过来,

我已经在千里之外。

为了未来的美满,

我将生活在罪恶滔天肮脏不义的地狱世界。

不要为我悲哀,

你眼眸也不要闪烁泪光,

为你为我,

我俩都要常存坚强的信念:

坚信邪不能胜正,

坚信社会终会进化,

坚信人类终能战胜自私和奴性,

更坚信我俩的后代终会进入可爱的崭新天堂。

而且,

他们一定会遗传,

你的美丽,

我的坚毅。

翱翔

净空万里的云上,

有我的爱怜追踪四方。

你的又一次独自上路,

难道不怕再次寂寞,再次孤芳?

你默默的独白,

唤醒了我沉睡的波澜。

痛惜你孤身面对惊涛,

千万种感觉刹那汹涌。

飞吧!勇敢的吱吱鸟,

去寻找你的梦想和心中的乌托邦。

你寂寞的征途不会再孤独,

总有我的思念相随,我的祝福依托。

月亮之上

想你,我会抬头望你。
寂寞,我会对水中的你呢喃。
高兴,我会向你挥手高喊。
想接近你,你却躲在云雾里,要多遥远有多遥远的距离。

然后,
你的闪耀总愿随着我溜达。
我的好的坏的你都了然,
你已成为我的良心,
嘿嘿,那可是明摆着的事实。

又然后,
我习惯了天上有你,
你不再是那样的至高无上。

你也习惯了人间有我,
虽然你仍是那样的无可比拟。

距离还是那么遥远,
要多遥远有多遥远的距离。

月亮

我离开的时候,
还是一线朦胧新月,
今夜回来,
却已是一轮悦目半满。
我欣喜,满月在望,
我忐忑,月圆后又会月缺……

想接近你,
你却躲在云雾里,
要多遥远有多遥远的距离。

情分

握紧了缰绳,
随心飞驰。
风,在耳边絮语,
雨,在身旁和唱。
彩霞抹了春的温馨,
夕阳粘了秋的诗意。
我们捡拾起前世缘分的种子,
希冀能收获今生深爱的情分。

倾心

如果你在远方,
我的心,
会一直在云上。

如果你在身旁,
我的笑,
会一直在脸上。

等待

对镜淡妆描绘,
浅笑素颜轻挂。
存在心底的深情,
今日要把最好的自己呈现。

啊!终于来了。
在这大雨的深夜,
在这清凉的凌晨,
走过她,穿过她们,
只为我走来。

河流盘上山坡,
蝴蝶飞越沧海。
我值得他仅仅为我而来,
他值得我如此为他等待。

长相依

和你在一起,

是我一生最幸福的日子。

只想和你长相依,

只想爱得不多也不少。

就算你不回馈,

我的爱也并不卑微。

就算最终不能和你相伴,

这爱恋也肯定曾经真实地存在。

我对你的倾慕是热烈的,

我对你的思念是藕丝般的连绵不断。

你若心动,

请停停脚步,把我细赏。

你若淡然,
请继续闯你那宇宙般宽广的天涯。

如果是那样,
我的心会陪你漂泊,
我的情会继续留在心底发芽。
只想和你长相依,
只想爱得不多也不少。

心动

假如那天不曾相见,
我还是那个我,
每天忙碌奔波,
偶尔做做美漪的梦,
灵性淹没在城市的烦嚣雾霾。

假如那天不曾相见,
我不会察觉,
这个世界还有这样一个你,
让我心动,
让我迷醉,
让我回味,
让我幻想沉沦而心甘情愿。

假如那天不曾相见,

我不会相信,

我竟然期待,

放下一切人性枷锁,

随你浪迹天涯,

一起共享:

日的暖,

月的魅,

雨的飘,

风的轻轻地吹。

如果你在远方,
我的心,
会一直在云上。

迅雷

就那样发生了,
好像迅雷,
快得来不及掩耳,
谁要掩耳!

小船荡漾在恋的心湖,
没有随波逐流,
只是随流逐波。
爱慕沿着水纹向四方无休止延伸。

湖边的夜星光灿烂,
思念万千,
爱恋万千,
感慨万千,
今夜脑海里除了你还是你还是你……

美好时光

我心里一直迷恋着的回忆,

是那一段有你陪伴的时光。

有一天,

我告别红尘,

想留给这世界的,

是一本关于我们的诗选。

我会耗尽一生的精神气,

陈述,

你我的偶遇,

你我的相知,

你我的倾情,

你我这一首动人的相守之歌。

当白雪染透了黑髻,
我想,
我依然能用满脸的皱纹微笑,
轻柔地和自己对话,
遇见他,多好!
爱恋他,多美!

To be or not to be

你不知道我宏伟的大计，

你不清楚你自己的能量。

我这蕴藏着无限爆发力的炸药库，

需要的只是你的一点点的星火，

就能燎原。

面前的大山，

会在这惊天动地中灰飞烟灭，

我们将携手穿过那浓浓的烟雾弥漫，

一起站在世界的顶端，

人群的中央。

你愿，还是不愿？

月圆

今天是满月,
属狼性的男人都会狂躁,
别走近他们,
否则后果难料!

不过,如果你爱他,
结果是悲是喜,
你心中明了。
我就是标准属狼性的男人。
哼哼!

小船荡漾在恋的心湖,
没有随波逐流,
只是随流逐波。
爱慕沿着水纹向四方无休止延伸。

你

假如这一生不曾和你相遇，
我，还是那个我，
重复着平凡枯燥的每一天，
偶尔做做虚幻而美丽的梦。

你来了，
一个那么熟悉的陌生人。
相见觉温馨，暗地里倾心，
再见就相知，不自觉动情。

从此我才知道，
什么叫才华，
什么叫气质，
什么叫魅力。

从此我才相信,
世界上真有一种人,
让人一见钟情,
让人千般回味,
让人沉醉,心甘情愿,生死相随。

我,不再是那个我。

爱上你

爱上你,
生活由平板变成立体。
欢愉,狂喜,极乐,
欢呼又欢呼至无法呼吸。

思念你成了每天的功课,
想你,有时还耽误了工作。
爱慕,眷恋,深情,
永远不会有理由放弃你。

多么想和你常在一起,
两情相悦成了生命的唯一意义。
踏遍春夏秋冬的万水千山,
真情相拥到达生命旅程的终点。

爱上了你。

樱花

那时花开，
你在我身边，
笑脸相对。

今日花又开
你在未知的遥远，
笑脸会对着谁？

还是，
像我一样，
渴望笑脸再相对？

樱花

那时花开,
你在我身边,
笑脸相对。

今日花又开,
你在未知的遥远,
笑脸会对着谁?

还是,
像我一样,
渴望笑脸再相对?

红伞

你来了,
我到机场接你,
你满脸的默默。
担着一把嫣红的小伞,
不为挡雨遮阳,
只为陋巷青石板的承诺。

你走了,
我在大堂送你,
你满脸的逍遥。
红伞已不在你手上,
该做的已做,该还的已还,
兑现了一刹那冲动下的承诺。

你回来了,
我倚着门口等你,
没有红伞,
没有承诺。
只有双手紧握,
互相微笑凝视的你我。

冬日恋歌

严冬的清晨,
又是美好的一天,
暖阳,
亲吻着每一个依然鲜活的细胞,
心也就暖和了起来。

生命因晨曦而欢呼,
催促着你,
扔掉昨夜催人老的包袱,
拥抱今日,
活出自己。

昨晚的星辰动人,
也终究不如,
今日太阳的熙暖,
那是生命的温泉,
会带来另一个可以自由呼吸的春天。

归去来

度过了漫长的夏秋冬,
迎面扑来又是一个明媚的春天。
我的心燃烧在爱恋里,
变得如此从来没有过的热烈,如火。

漫漫长夜尽被思念吞咽。
牵挂万千,柔情万千。
啊!
你已生根在,
我的身体里,
我的心底里。

天涯或咫尺,
世界上最近的距离,
不是眼前或瞬间,

不是蜜语或誓言,
会不会是在,
你心和我心之间?

如果,
我相信你爱我,
你知道我爱你。

第三辑

缘灭

无数个梦境,
重临那些年的温馨,爱恋。
无数个白天,
憧憬再遇时的激情,精彩。

说散就散

和我在一起,
我的信息不顾,
别人的微信不断。
昨天的信誓旦旦,
今天也就说散就散。

好想你,
好想再爱你。
只是已隔膜的心,
如已离弦的箭,
怎么再能期待枉然的期待。

伤感终究会成为习惯,
真正的痛楚会在茫然消失,
接受事实的那一刹。
也许明天,
也许永远。

初心

那一天,
你听从了你的心,
大胆地进入我的怀抱,
没有目的,
不计后果。

然后,
太多的思虑,
太多的干扰,
太多的荆棘,
纠结下向爱情道别,
重归俗世的轨迹。

于是,
我们一起听到了初心的哀哀哭泣。

离弃

她头也不回地走了,
我不恨她。
是我的疏忽,
是我不够优秀。

她还向我胸口开了枪,
子弹透背而出,
但是,没有要了我的命。
因为她不知道,
心已经不在那里,
早已因她灰飞烟灭。

但是痛,
痛彻心扉!

爱情是盲目的

到后来,
她连敷衍也不愿意了,
一切就到了尽头。

你执迷不悟,
不肯接受事实,
只是为了保存一点,
你那可怜的,
早已不存在的自尊。

你想不迷失自己,
其实你已经迷路了一个世纪。
你的英明神武,
在她面前荡然无存。
What are you doing ?

不要紧,

谁都经历过。

不要紧,

那是你非常可贵的纯真。

不要紧,

不是你的损失。

不要紧,

是猪年的清醒,

你转运了!

爱情真的是盲目的。

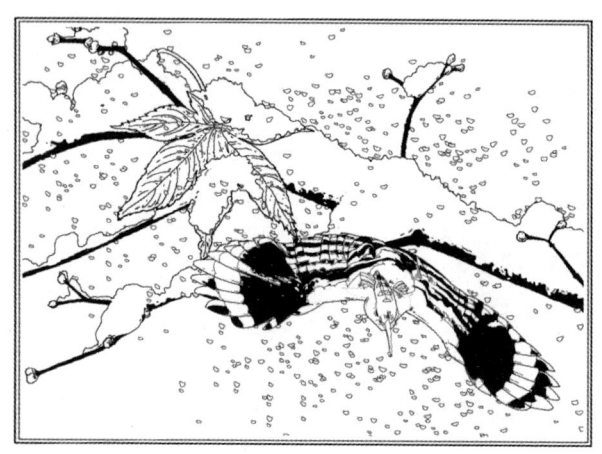

若干年后回望,
应该感激你的绝情。
一次又一次的迷惘,
迎来了一次又一次的伤痛。

苏醒

若干年后回望,
应该感激你的绝情。
一次又一次的迷惘,
迎来了一次又一次的伤痛。
难得的短暂的清澈领悟,
抵不过感情的虚弱和缠扰。

这次你断然出手,
最后一击,
把我身心彻底粉碎,
敲走了我不常有的昏庸。
该生气还是该庆幸?

缘生缘灭的寻常事,
不算是解脱,

更不是悟道。
只是了结了一段情缘,
放弃了对爱情的信念。

一场那么难以忘怀那么痛彻心扉的风花雪月的事。

曾经

要走的无法挽留,
再难过也得接受。
那么真的情也能淡出,
那么深的缘也会结束。

也许,
深情不过是想象,
缘分不过是偶然,
永恒不过是不切实际的幻想。

而,
情深义重不过是,
一生追寻的,
惊心动魄的,
生死相许的,
海市蜃楼。

夜空

流星划过夜空,
我的爱从银河陨落。
孤单,孤单,
云海遮住了她的容颜,
寻找,寻找,
心在繁星间飘荡。

夜空

流星划过夜空,
我的爱从银河坠落。
孤单,孤单,
云海遮住了她的容颜,
寻找,寻找,
心在繁星间飘荡。

记忆里的痛

我在这里,
你在哪里?
一切随缘,
缘随哪个?

太阳照着,
真讨厌,
心情欠佳,
那不是我的错。

智能手机的歌声,
就这样变了样,
到底还有没有乐事?
还有没有乐土?

这年头猪头都涨价,
我却还是故我。

记忆中剩下的也就只有这些只属于我的没人要的痛!

忘忑

欢聚竟是那么短促,
离别就在眼前的瞬间。
下一个相约,
会在不确定不知道的遥远。

请不要说再见,
因为还想随缘,
那稀世的铸情,
再折腾也值得承担。
命运或许会在它一向无情的安排中,
出现奇迹。

你不必勉强自己再等,
但是,
请相信,
我会。

谢谢你

谢谢你的爱,
生命里一道靓丽艳情的彩虹。
像一颗耀眼的流星,
划破深夜的漆黑的长空。

如果你不曾来过,
我不会如此悲哀。
感受不到痛彻心扉的痛,
领略不了刻骨铭心的伤。

人世间原来真的没有不变的爱,
你曾经的付出我无以为报。
只能无力地表述,
谢谢,谢谢,谢谢。

命运跟我开了个天大的玩笑。

流星划过夜空,
我的爱从银河坠落。

再见,爱人

无数个梦境,
重临那些年的温馨,爱恋。
无数个白天,
憧憬再遇时的激情,精彩。

总有个朦胧的感觉,
没说再见,就有些丝连。
今天,说了,
自欺和欺人都不会再自圆。

那绵绵的剪不断的柔丝,
在时间大神的利刃下,
不得不割裂成一段又一段,
随风飘扬,灰飞烟灭。

再见了,爱人,

重逢不会在这污浊的红尘。

再见了,爱人,

那些无法忘怀的众多感谢,

会在我心底深处一生缠绵。

昨夜梦魂中

昨夜梦里的轻恋蜜爱,
醒来就归于尘埃。
梦幻中的欢聚,
这一生不会忘怀。

你劝说:放开胸怀,让缘分表态。
我拒绝:要么全有,要么化为乌有!

在春天,在雨天,
放弃徘徊。
在秋天,在晴天,
不再等待。

谢谢你的爱,
生命里一道靓丽艳情的彩虹。
像一颗耀眼的流星,
划破深夜的漆黑的长空。

泪

你是我眼里的一滴泪，
为了不失去你，
我忍住不哭泣；
今天，
我还是哭了，
泪流满面。
不在乎了，
因为你已经离开！

夜深

一定有一种前世的牵挂,
让我们在无穷的时空里,
相遇相知在,
此时此地。

深陷在着迷般的真情的交汇中,
我们找到了也迷失了自己。
在黎明前漆黑的夜深,
我们选择了放弃,
再见,千山万水的穿越,
再见,良辰美景的相依。

在自觉理直气壮的那一刹,
我们听到了命运大神的深深叹息。

逝去的星光

明月冷冷闪耀,
只见冷漠。
那颗曾经耀眼的星辰,
随宇宙的膨胀,
渐渐远去,渐渐暗淡。

爱永不变,
还是昨天的承诺。
不再相见,
成了今天的叮嘱。

真诚的爱,
无求的付出,
难得的深情厚意,
终于臣服于人性枷锁,

昨天才敲门，
今天已楼空。

曾经来过，走了，
曾经爱过，逝了，
可叹这尘世没有永恒。
缘生性空，
从此牵挂的是那一双眼。

尼罗河之歌

伟大的尼罗河缓缓流动,

不懈松,

诸色皆变,

带走无穷时空。

你的至美,

曾是我清晰的感动。

今天,

记忆里一片朦胧,

就如还没清醒的残梦。

你心的渐远,

留给我永不间断的阵痛。

退役的两性的炽热,

不过是飘摇的云朵,
若无还有却冻。

我会早你告别红尘,
坐入虚空,
千恩万爱化为终极的梦,
何必耿耿你感情的不忠。

伟大的尼罗河的源头,
不过是一脉脉细细的清泉,
缓缓流动。

情让我牵着你的手

（黄浦江之歌）

情让我牵着你的手，
聆听江浦钟声的低吼。
我知道，
它敲走了你昨夜的泪痕，
敲碎了沮丧，
敲出了战斗的奋勇。

情让我牵着你的手，
漫步晨曦薄雾的滩头。
我发觉，
你的悲伤在消退，
喜悦在凝聚，
自尊在徐徐回流。

情让我牵着你的手,
漫游江水细浪的温柔。
我看见,
你的愁眉开始舒解,
笑容开始绽放,
彷徨无依开始悄悄溜走。

情让我牵着你的手,
眺望在东方明珠高楼。
我确信,
你的傲气终于再临,
自信终于重现,
明天你终于会彻底重生!
是的,也就在明天:
情,会让我放开你的手……

变幻

来也刹那，

去也刹那，

喜悦犹在心头，

悲哀已等在门口。

记得也好，

忘掉也好，

思念时总能在记忆里把她寻到，

再次倾情缠绕。

这一次你真的离去,
像日月般真实。
我的心会永恒地寂寞地流浪,
直至躯壳孤傲地彻底消逝。

秋寒

深秋的夜,冰寒,

两心间的融融,

遇上了深秋的寒风,

也会冰冻。

心中的绞痛,

梦醒了也就坦然。

沉淀了,放下了,

春梦也罢,秋梦也罢。

世事无常,

每个人都一样。

我们却痛哭,呜咽,

还不甘心地不断问为什么!

太完美的不会是真实的,

骗了别人,

也骗了自己。

离别的车站

缘生缘灭之间,
我选择了放肆。
你终于放弃,
向烦恼屈辱告辞。

这一次你真的离去,
像日月般真实。
我的心会永恒地寂寞地流浪,
直至躯壳孤傲地彻底消逝。

红尘身灭悲喜,
灵魂飘摇无极,
希冀再见你的笑貌,美姿,
和
那些无法忘怀的柔情。

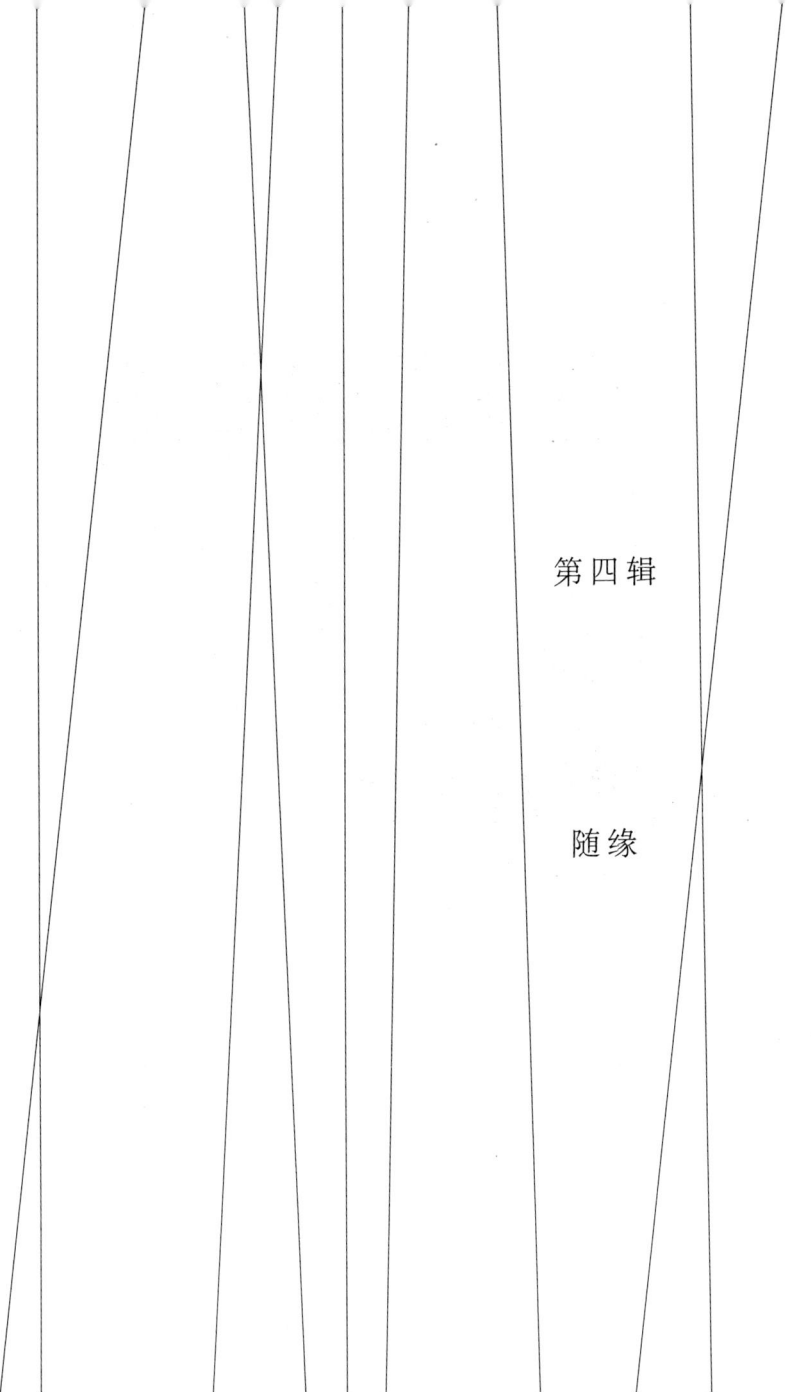

第四辑

随缘

你的柔情和风采,
能否让我再见?
在没有人烟,
只有我俩的空间。

想你了

深秋的深夜无眠,
漆黑中你的美眸浮现。
两年中零星的消息,
填不满我思念的深渊。

喜欢抚弄你飘逸的长发,
至今手掌上还有残留的清香味。
那首至爱怨曲的惊人的共鸣,
竟然是我俩宿命的预言。

总想来找你,
争取万分之一的机会。
不怕自尊会被伤害,
怕的是引起你的厌倦。

今夜,

我会思念着你的容颜入睡,

反复在心中揉搓曾经的爱恋,

那样,

你会在我梦里出现,

让我再次细看几乎模糊的你的笑脸。

秋色

香山的红叶,
我们去看了。
魁北克的枫叶,
我们计划了,
看来无法兑现了。

是什么让你毅然离去?
能朦胧地猜测到,
不愿意深究,
怕真相如刃,
在我流着血的心灵,
再深深插上无情无义的一刀。

你我都有真心的付出,
那一刻的誓言也出于肺腑,

我们曾经的欢愉,
足够弥补我们之间的彼此失望,
以及今天离别的悲伤。

来日或许重逢于魁北克的枫林,
不会再在乎你追求的是渔还是鱼,
即使你依然享受不劳而获,
我会微笑着轻轻鼓掌,
那有什么关系呢?
只要你觉得快乐。

终极

世事无常,是的。

名利皆空,知道的。

金钱不等于价值,是这样。

爱情不可能永恒的,唉!

不再看,

天上太阳透过云彩的光。

复失

海面初漏的晨曦，
切断了无眠的长夜，
揉碎了悲哀，
抚平了愤慨。

挚情厚爱，
终究敌不过时空隔绝，
天长地久，
又成了长河里变脸的水月。

都是懂爱的人，
却让时间作主，
随处境变迁，
再一次默许幸福流失，
不再重来。

明年这海面涛声依旧，

但浪花不再有此刻的精彩。

不变的是，

永恒的无奈，

孤独的情怀。

炎夏

炎夏的阳光,
穿过无精打采的玉兰,
伤感地晒在斑驳的窗台上,
断续的蝉声叫不出丝毫清凉。

离别的痛如影随形忽远忽近,
思绪却如影子般拉得好长好长。
蓦然,嘴角绽开淡然微笑,
啊!是不是还在盼望着什么?

他是否还记得,
那年也是炎夏,
他答应过我:
穿锦衣,骑骏马,
带我浪迹江湖,
一起寻找属于我们的海角天涯。

春雨

春雨砸碎在窗前,
化作朵朵情花。
似水的柔美,
留得住谁的心?

那么的晶莹,
也会落寞凡尘。
天水的圣灵,
却洗不净人间的污渍。

春雨不懂我的痴,
漫天纷飞化不开我的心结。
春雨默然淅沥,
汇成溪聚成河汹涌大海。

炎夏的阳光,
穿过无精打采的玉兰,
伤感地晒在斑驳的窗台上,
断续的蝉声叫不出丝毫清凉。

彩虹桥

当风雨过后,
彩虹总会出现,
你已经不在桥上,
为了一个无法释怀的疑惑。

心底深处蕴藏的拥挤的爱恨,
纠缠太久就会疲惫。
难求的真爱真情,
一瞬间消散成云烟。

即使那些稀薄的云烟也满含爱意,
再扩散也充满着丝丝柔情,
有你的长发飘飘,
有你的笑容美颜。

我?

躲在月亮阴暗背面独自叹息,

不需要任何人的怜惜。

秋的随想

秋的红叶尚未呈现,
秋意却深藏心坎。
秋的色彩过度的飘逸,
秋风也摇曳,
成就了落叶。

你的长发的晃,
清铃中一遍遍低唱,
随着风,
从没把心思释放。
如隐藏在深山的参草,
红日透析观照,
也只能渗过层层叶,
留丝丝光。

今夜,
明月洒落,
满山银,
遍地光,
只是我已没法看到。

这歌

如果,
有一天,
这首歌,
不再让你感动,
不再让你悲哀,
不再让你荡气回肠,
不再让你心如刀割,
不再让你流泪。

那么,
你就把它忘了吧,
还有歌词里的她。

悲伤的歌不会有唱完的时候

脚踏着烟雨斜阳,

脸上分不清是雨是泪是汗,

终于也到家了,

你还在里面吗?

轻轻闭上眼睛,

紧捂着还跳着的心,

手把着大门的把手,

却不敢开启。

转身离去,

从此千里独行,

心怀着天真的卑微的希冀,

不揭开这可能的结局的痛彻心扉。

今天不说离别,

江湖再见。

红尘万里,

未曾相忘在这曾经甜蜜的屋檐。

月缺

月又开始缺了,
总让人叹息。
你知道我为她流了多少泪吗?

知道,这一阵每晚都见到你踯躅。
但,你又知道多少人因你而流了更多的泪吗?
无语。

月亮黯然了,
为这男人的缺而叹息。

明月

一抹朦胧的满月,
雾中透出银白。
当日的皓洁,
晶莹得惊心动魄,
都化成淡淡云烟,
一团团娆娆消解,
不留痕迹。
云也不敢依恋,
就此各自聚散,
或化雾或化雨,
都是不会再有的精彩。

难眠的夜

难眠的夜,
路灯熄灭,
东方鱼白。

生命的渐悟,
解脱了红尘的枷锁,
没放下悔恨的伤痛。

是凡心的怯弱,
期待那一刻再现。
在缘分的天空下,
该去的难留,
不该去的必然重来。

明年今日回望，

长相随还是陌路，

依然心痛还是坦然麻木，

如果你记得问，

我会娓娓倾诉。

飞翔

不要蜷缩在暖窝里,
不要因心灵的惰性放弃高飞。
你是海鸥,不是云雀,
天赋的能量,
本来就是让你云上翱翔。

过去的已是历史,
没来的无可预测。
在人生零始零终的短暂的旅途中,
你拥有极充分的自主,
选择卓越,选择快乐。

努力吧,海鸥,
高飞吧,海鸥,
活在当下,始于今天。

大地山海终会臣服于你翼下。

到那时,

我会在地上用赞许的眼光,

仰望你在蓝天翱翔的美姿风华。

月又开始缺了,
总让人叹息。
你知道我为她流了多少泪吗?

如果我走了

如果我走了,
你会热泪盈眶,
还是轻声叹息?
灵魂随我而去,
还是心情有些失意?

如果我走了,
我好想知道,
在你的心湖里,
我曾是全部或只是一滴?
你的挪威森林,
到底有否为我开启?

如果我走了,
太阳依然升起,

四季当然交替。

你会牢牢把我记起,

还是,

轻轻把我忘记,

让人生重新充满惊喜?

那些身边有你的故事

模糊的，今夜清晰，
忘怀的，此刻记起，
从来从来没有不爱你，
只是在静夜，特别真诚彻底。

相处的岁月，是温馨的天和地，
拥有真情，是生命的美丽，
有你在我身边，是人生的奇迹。
人性的贪婪，却让幸福渐渐远离。

深夜虚空繁星，温柔看着大地，
脑海中，你的倩影摇曳美丽，
寂寞，孤傲，一个人的旅途万里，
心里总有你的故事陪伴相依。

时空

昨天,

江山迷雾,路途艰险,却有你伴在我身边。

今天,

静空万里,风光明媚,没有你的笑脸呈现我眼前。

明天,

挥别人世,飘摇云间,你的柔情和风采,能否让我再见?

在没有人烟,只有我俩的空间。

懂爱的人

寒冬清澈的夜空,

总有闪亮的星,黯然坠下。

那些年,那些真挚,那些激情,那些懂爱的人,

记忆中的模糊印象。

是什么让你们暗淡,

回归俗世,误堕红尘!

时间真的是那么大能?

竟能消磨尽宇宙的一切浪漫!

曾经的逍遥,

认证了生命的短暂。

天老地荒,

百年也就是霎那。

痛彻心扉,

该庆幸攀过缘分的顶端。

又何必苦苦追问,这到底是真还是假。

在路上

孤身在路上,
一个人也只能和自己结伴,
两旁的风景依然。

人生漫漫,
谁能忍受永远的寂寞和孤单?
但身边的相伴,
不可能像你一样。

生命之路不长也不短,
每一段总希望有相知的人随伴。
我们经过了无数个分岔,
多可惜,
究竟没能和你牵手走完。

明天的日子你会怎样我会怎样?

不知道,不必去判断。

也许有一天,

我们会在另一个世界,换一个时间段。

相视浅笑,心平气淡,细诉详谈。

会忍不住热泪满眶,

却满心喜欢。

消失的自我

那些没有结果的纠缠,

此时此地还不如切割。

你可以继续你的少女情怀,

我走我不羁放纵的自由自在。

你有强大的心灵,

那至柔的曼妙的身影将我蒙骗。

你简单的农家的思维,

把我像模像样的正统逻辑打得一败涂地。

我喘息着,

忧郁而不服气地慢慢枯萎。

今晚有风有雨,

明天,

最多明天下午,

会有满天的白云蓝天。

还能期待,

星光灿烂的漫漫良夜。

不再心痛

一切终于归于平淡,
快乐和痛苦同步终结。
你来了,
你走了。

不在乎不代表不心痛,
不心痛不代表不在乎。
夕阳黄昏的下山之路,
这一次赶不及再回首了。

这样也好,
放下了爱恋,
也放下了怨憎。
凡心渐趋永恒的寂静,
痛楚融入在无涯的虚空。

我会到你梦里找你

我会到你梦里找你，
寻觅前世曾经的倾情，
重温初遇时的忐忑，
再次感觉奔子时错失的无限温馨。

人生的无奈就是缘灭来自缘起。
在梦里，
青春舞曲总是各自奏鸣。
我要的只是爱，
你要的我大概无法全给。

我会到你梦里找你，
也许你也在梦里眺望等待。
找到了，我就吻你，
找不到，只好继续热切地想你。

我会到你梦里找你

我会到你梦里找你,
寻觅前世曾经的倾情,
重温初遇时的忐忑,
再次感觉牵手时指尖的无限温馨。

人生的无奈就是缘灭来自缘起。
在梦里,
青春舞曲总是各自奏鸣。
我要的只是爱,
你要的我大概无法全给。

我会到你梦里找你,
也许你也在梦里眺望等待。
找到了,我就吻你,
找不到,只好继续热切地想你。

叮咛

请把不快留下,
别把悲伤带走。
明天是另一个全新的开始,
就让今天在此刻结束。

曾经的山誓海盟,
当时都是真心。
那些拥有过的激情和缠绵,
确切地让我们真实地快乐过。
亲爱的,
我们有过的,
比我们失去的多得多。

如果他日再见,
我们会,

嬉笑打闹或黯然神伤,
但一定会同声感叹,
啊!
岁月竟是那么无情,
人生原来那么无常。

一段感情

用一种无法觉察的步伐,
你渐渐走远。
没有一种感情,
是可以用贵贱去衡量。
那不会是你,
不该是你,
不是你!

太完美的感情,
或幻觉,
最后都不可能是真的。
再美丽的梦,
天亮前必须终结,
回味永远是难忘的甜蜜的痛楚。

谢谢你曾经的真挚,

还有那纯净的谦卑。

那些累积的无意中的深情,

在你离去之后,

会进驻我脑海深处,

和其他的深层次的思维,

纠缠一生。

图书在版编目（CIP）数据

单伟豹诗选 / 单伟豹著 . -- 北京：中国青年出版社，2020.1
ISBN 978-7-5153-1009-1

Ⅰ . ①单… Ⅱ . ①单… Ⅲ . ①诗集 – 中国 – 当代
Ⅳ . ① I227

中国版本图书馆 CIP 数据核字 (2019) 第 263954 号

策划出品：小众书坊
插　　图：刘长年
责任编辑：彭明榜 + 吕达
装帧设计：孙初 + 申祺

中国青年出版社 出版 发行
社址：北京东四 12 条 21 号
小众书坊地址：北京东城区后圆恩寺胡同甲 1 号
电话：(010) 64011190
网上销售：京东商城小众雅集图书专营店
北京精彩世纪印刷科技有限公司印刷　新华书店经销

787mm×1092mm　1 ／ 32　5.5 印张　80 千字
2020 年 1 月北京第 1 版　2020 年 1 月北京第 1 次印刷
定价：50.00 元